The Bird's Relative
Родич птаха

First published in this Illustrated Paperback Edition, 2022
The original version of this story entitled "The Indian Bird" was published in 1967 in *Tales of the Dervishes* by Idries Shah.
Оригінальна версія цієї історії під назвою "Індійський птах" була опублікована в 1967 році в *Казки дервішів* Ідріса Шаха.

www.hoopoebooks.com

www.kashfischildren.org

Published by Hoopoe Books,
a division of The Institute for the Study of Human Knowledge
In collaboration with Kashfi's Children

978-1-953292-69-8

Visit hoopoebooks.com for a complete list of Hoopoe titles and free downloadable resources for parents and teachers.

The Bird's Relative

Родич птаха

Ідріс Шах.

There was once a rich merchant, whose prize possession
was an extremely intelligent cockatoo.
Був колись багатий купець, цінним володінням якого був
надзвичайно розумний какаду.

The beautifully feathered bird occupied pride of place in the merchant's equally splendid house, where it was routinely shown off to guests of the highest social standing.

Птах з чудовим оперенням займав почесне місце в такому ж чудовому будинку купця, де його регулярно демонстрували гостям найвищого соціального статусу.

One day, when the man was about to embark
on an overseas trip, he said to the bird:
Одного разу, коли чоловік збирався сідати
на корабльдо закордонної подорожі,
він сказав птаху:

"In this upcoming voyage I will be visiting
your homeland. Is there anything that I can
bring back for you?"
"Під час цій майбутній подорожі я
відвідаю твою батьківщину. Чи є щось,
що я можу привезти для тебе?"

Without a second thought,
the bird asked for its freedom.
Не замислюючись, птах попросив
свободи для себе.

The bird had no trouble making itself understood to the merchant, because, as I have already explained, it was an exceptionally clever bird.

Птах без проблем дав купцю зрозуміти себе, бо, як я вже пояснив, це був надзвичайно розумний птах.

"I simply couldn't bear to live without you," said the merchant.

"Я просто не зможу винести своє життя без тебе", — сказав купець.

"So please ask me for another favor."

"Тож будь ласка, попроси мене про іншу послугу".

Cocking his head to one side, as birds of its kind often do, the feathered captive thought for a moment.

Нахиливши голову набік, як це часто роблять птахи такого роду, пернатий бранець на мить замислився.

"If you can't give me my freedom, perhaps you would be kind enough to go to the jungle where I was captured and tell my relatives what has become of me."

"Якщо ви не можете дати мені мою свободу, можливо, ви були б такі люб'язні, щоб піти в джунглі, там де я був схоплений, і розповісти моїм родичам, що зі мною сталося".

Delighted to be able to grant a favor that was within his power, the merchant agreed.

Купець погодився, зрадівши тому, що міг надати послугу, яка була в його силах.

And sure enough, after a lengthy sea voyage ...

І звичайно, після тривалої морської подорожі ...

... and having enlisted an army of local guides, the merchant finally made it to the exact place where his pet had been captured.

... залучивши цілу армію місцевих гідів, купець нарешті дістався саме до того місця, де був схоплений його улюбленець.

And here he lost no time in calling out:

І тут він не втрачаючи часу закричав:

"Friends! I have come to inform you that a relative of yours, a fine-looking cockatoo, now lives with me and is my very favorite possession."

"Друзі! Я прийшов повідомити вам, що ваш родич, гарний какаду, тепер живе зі мною і є моїм улюбленим надбанням".

His words were hardly spoken, when a wild bird, just like his own,
fell senseless out of a tree and onto the ground at his feet.

Ледве його слова були вимовлені,
як дикий птах, такий же самий як і
в нього, без ознак життя звалився з
дерева на землю до його ніг.

Correctly assuming that this must be a relative of his own treasured bird, the merchant did all he could to save the unfortunate creature.

Правильно припустивши, що це має бути родич його власного заповітного птаха, купець робив усе можливе, щоб врятувати нещасну істоту.

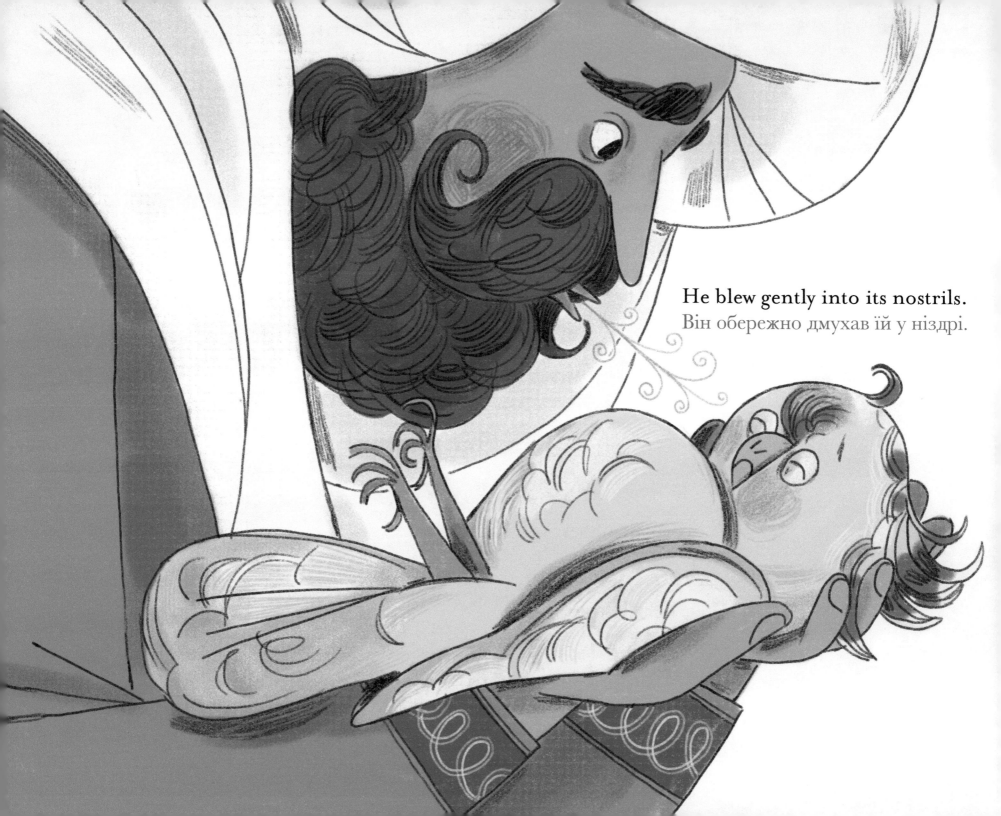

He blew gently into its nostrils.

Він обережно дмухав їй у ніздрі.

He massaged its tiny feet.

Він масажував її крихітні ніжки.

He fanned its crested head.

Він обмахував її чубату голову.

But nothing revived the bird.

Але ніщо не було здатне оживити птаха.

And the merchant was soon forced to accept the lifeless body for what it was.

І невдовзі купець змушений був прийняти, що бездиханне тіло залишалося таким же бездиханним, яким було.

With a heavy heart, he made the long journey home,

З важким серцем він вирушив у далеку дорогу додому.

back to the comfort of his
very own sitting room,
Повернувшись до затишку
власної вітальні,

where he was reunited with his favorite pet.

де він приєднався до свого улюбленого вихованця.

The bird asked the man whether he brought good news from its relatives.

Птах запитав чоловіка, чи приніс він радісну звістку про його родичів.

"Not really." Admitted the merchant. "I told some birds, whom I took to be your relatives, that you were my favorite possession in the whole world. But as soon as I did so, a bird, just like you, fell dead at my feet."

"— Не зовсім" — зізнався купець. "Я сказав деяким птахам, яких я вважав твоїми родичами, що ти був моїм найулюбленішим надбанням у всьому світі. Але як тільки я це зробив, птах, який був дуже схожий на тебе, впав мертвим до моїх ніг".

He went on to describe in detail how he had attempted to revive the wild bird, but, alas, had eventually been forced to admit that there was nothing he could do.

Далі він докладно описав, як намагався оживити дикого птаха, але, на жаль, зрештою був змушений визнати, що нічого не зміг зробити.

And at this point, the merchant's story was ended by a thud,
as his beloved pet bird collapsed, in exactly the same manner as its relative.
І в цей момент історія купця була перервана глухим звуком «бум», оскільки
його улюблена домашня пташка впала точно так само, як і її родич.

And no amount of blowing in its nostrils,
І скільки би не дмухав в ніздрі,

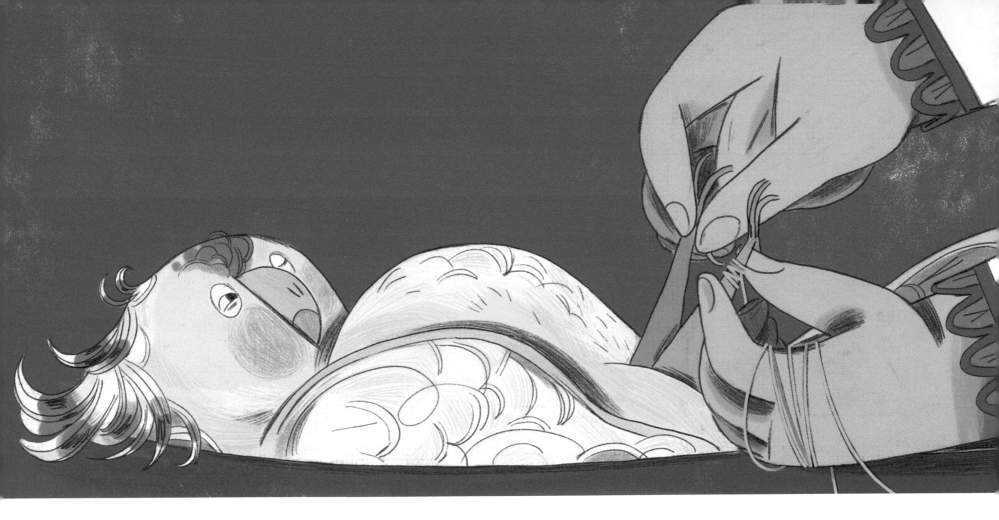

massaging its tiny feet,

Не масажував його крихітні ніжки,

or fanning its crested head, would revive him.

Або не обмахував його чубату голову, він не зміг оживити його.

І незабаром купець змушений був зробити висновок, що його птах загинув від шоку, почувши про раптову кончину свого родича.

And soon, the merchant was forced to conclude that his bird had died of shock, having heard of his relative's sudden end.

З скорботою він поклав бездиханне тіло
птаха на підвіконня, де воно миттєво ожило
і відлетіло на сусіднє дерево.
Примостившись неподалік, птах сказав:

Mournfully, he placed the bird's lifeless body on the windowsill,
where it instantly revived, and flew into a nearby tree.
From the tree, perched just out of reach, the bird said:

The End
Кінець

And off flew the bird,
free at last.
І птах улетів, нарешті
вільний.

"What you failed to understand when you were in
the jungle was that by faking its death, my relative was sending
me instructions on how to behave in order to end my captivity."
"Чого ти не зрозумів, коли був у джунглях, так це те,
що, симулюючи свою смерть, мій родич надсилав мені
інструкції, як поводитися, щоб покласти край моєму полону".

TEACHING STORIES FOR CHILDREN BY IDRIES SHAH
НАВЧАЛЬНІ ІСТОРІЇ ДЛЯ ДІТЕЙ. ІДРІС ШАХ.

The Bird's Relative Родич птаха

Oinkink Ойнкінк

The Boy with the Terribly Dry Throat Зіпсований хлопчик із жахливо сухим горлом

Peaches Персики

The King Without a Trade Король без торгівлі

The Farmer's Wife Дружина фермера

The Lion Who Saw Himself in the Water Лев, який побачив себе у воді

The Clever Boy and the Terrible, Dangerous Animal Розумний хлопчик і жахлива та небезпечна тварина

The Man with Bad Manners Людина з поганими манерами

The Silly Chicken Дурна курка

The Man and the Fox Людина і Лисиця

The Boy Without a Name Хлопчик без імені

Neem the Half-Boy Нім-напівхлопчик

Fatima the Spinner and the Tent Прядиня Фатіма і намет

The Magic Horse Чарівний кінь

Old Woman and the Eagle Стара жінка і орел

Для повного перегляду робіт Ідріса Шаха відвідайте: idriesshahfoundation.org

'Our experiences show that while reading Idries Shah stories can help children with reading and writing, the stories can also help them transcend fixed patterns of emotion and behaviour which may be getting in the way of learning and emotional well-being.'

'Наш досвід показує, що хоча читання оповідань Ідріса Шаха може допомогти дітям читати та писати, ці історії також можуть допомогти їм подолати усталені патерни емоцій та поведінки, які можуть заважати навчанню та емоційному благополуччю'

Ezra Hewing, Head of Education at the mental-health charity Suffolk Mind in Suffolk, UK; and Kashfi Khan, teacher at Hounslow Town Primary School in London

Езра Хьюінг, керівник відділу освіти благодійної організації «Саффолк Майнд», що займається психічним здоров'ям, у Саффолк, Великобританія; і Кашфі Хан, вчитель початкової школи Хаунслоу Таун у Лондоні.